JN204264

百歳、和歌《うた》に遊んで

石川初枝

文遊社

はじめに　五
百寿の山に　七
新年　七三
春　八七
夏　一一七
秋　一五一
冬　一七五
暮らしの中で　一九五
母からの手紙（「あとがき」にかえて）　二三〇
著者略歴　二三八

装幀　佐々木暁

はじめに

百歳になりました。なにやら、一仕事を終えた気持ちがいたします。

百という区切りに、この七年の間に詠んだ和歌《うた》（短歌）をまとめました。

若い頃から、折にふれて歌を詠んでおりましたが、文字通り「折にふれて」の手すさびでした。

ところが、九十三歳を過ぎる頃から、日々の暮らしの中で歌がたくさん生まれるようになりました。

その歌を家族が褒めてくれますので、励みになって百歳まで続いております。

この度、高齢者自身が、自分の老いや介護について詠んだ歌は珍しいので本に、というお話しがありました。

自分の歌の善し悪しは自分では分かりません。褒められれば嬉しく、そうでない言葉には足りなかった点を省《かえり》みております。

日々の暮らしでは、高齢ゆえにデイサービスのお世話になって、介護してくださる方に身をゆだねております。

歌におきましても、推してくださる方に歌をゆだねることにいたしました。

老いてからの歌ですので、どのように受け取っていただけるのでしょうか。

こちらも、読んでいただく方に思いをゆだねてまいります。

平成三十年六月吉日

石川初枝

百寿の山に

目前となりし百寿の山を見る
ひたすら来しの思い抱《いだ》きつ

起こされてまた寝かされて老いの身は
人形のごと子等の手の中

子等出かけ留守居の一日空は友
流るる雲の形たのしむ

われ入れて四代そろう日々にして
話題賑わう過去もふくめて

百歳の我を支えし子等の手の
温かきかな今宵の節分

見目《みめ》形変わりし我に変わらざる
思い湧きくる事も幸《さち》なり

この道は初めてなれど迷うこと
なくゆきたしと仰ぐ夕映え

用件は筆談となる　耳とおく
なりきし我に曾《ひ》孫《まご》気付きて

耳とおきわれに一文字「か」と書きて
刺されし手足見する曾孫は

筆順なくかな書き始む曾孫いて
筆談できるよろこびのわく

車椅子に乗りたる我をうれしげに
押してくれいる曾孫七歳

ひいおばあちゃん早く遊ぼう幼らの
呼ぶ声ありぬ老まじ我は

体操の真似して遊ぶ幼子《おさなご》の
ようやく上げし片足を愛《め》ず

大過なく過ぎし歳月思いつつ
敬老の日の祝い受けおり

出来ることのあるは華《はな》とや健やかに
白寿目指せのメール受けたり

家中をめぐる廊下は運動場
弱りし足を鍛えくれおり

帰りくる子等待つことも幸せの
一つと思う暮れゆく庭に

留守居する我を気遣《きづか》う子の電話
受けつつ一日恙《つつが》なくすむ

長生きをせよと整う嫁の膳《ぜん》
畑の彩りそえて出《い》でくる

一椀に秋の盛られし朝の膳《ぜん》
お味はいかが笑顔で嫁は

「おいしいか」食事のたびの子の言葉
まこといみじき心ぬくめて

いたわられすごす日々なりひたすらに
過ぎきし月日いとおしみつつ

子等いねば主《あるじ》となりて客迎う
ねぎらいくるる言葉うれしき

帰りくる子等を待ちつつ留守居する
閑《しず》かなるかなな声のなき家

帰りきし子よりの土産《みやげ》駅弁に
幼心の湧くもうれしき

紅さして少し華《はな》やぎ待ちており
娘ら来るという朝の電話に

花の中　子等打ち揃い我が白寿
祝いて集う夢の如しも

寒に耐え白寿の春を迎えたり
花咲き競《きそ》い我を立たしむ

ようこその言葉うれしき初めての
デイサービスに心安らぐ

それぞれに幼となりて睦《むつ》み合う
デイサービスの一日良きかな

六月のデイサービスの部屋は海
壁紙さやか鯛も泳ぎて

聞きてよし話してもよしそれぞれに
心和みぬ老いの集いは

歌思うこともなきまま過ごしきて
ふと生まれたる一首いとしむ

生まれたる一首消えたりいつしかに
雑事に追われ流れゆきしか

思わねば歌の生まるることもなし
過ぎたる日々を振り返りみて

唐突に一首浮かびてはずみおり
ひそけき一日の贈り物かや

忘れいしことも一瞬浮かびくる
遠き日詠《よ》みし歌の出《い》できて

あれこれと子等の批評も賑わしく
我が歌の道続きゆくなり

ようやくに一首まとまり安らぎて
冷たき麦茶一息に飲む

何時《いつ》しかに嫁も歌詠む人となり
話題ひろがる日々となりゆく

身体萎《な》え思うにならぬ母に添い
心で聴いて手足となりぬ
（嫁　聖子の歌）

春くれば一年生の孫のこと
思いて一首詠みしと嫁は

幼子《おさなご》をあやす息子は若き日の
夫のごとくに同じことする

娘も孫も我も三月生まれにて
バースデー祝う電話賑わし

幼子《おさなご》等の忘れてゆきし風船の
柱に揺れて我を和ます

山桜一枝土産《みやげ》と子の帰る
我も山路を行きし思いす

厨辺《くりやべ》の良きとこ見つけ野良二匹
居座るらしき逃げることなく

軒下に何時《いつ》しか野良の住みつきて
入りくる猫を威嚇《いかく》して追う

唐突に狸に出会う裏庭に
見つめ合いたる瞳愛らし

何時《いつ》しかに過ぎにし日々を想いみる
我は希望の星抱きいし

振りかえることも仕事の一つとし
過ぎたる日々に今を重ねる

幼名にわれ呼ぶ友の今も居て
会えば子供となりぬたまゆら

会いたしと娘の友が訪ねくる
亡き母上は我が友にして

安らぐと夫の掛け居し大きな椅子
いつしか我の居場所ともなる

良きことの次々ありて守られし
わが身かと思う齢《よわい》かさねて

亡き父母に係わり深き良きことの
ありて至福の思い湧きくる

父と夫同じ祥《しょう》月《つき》命日の
墓参も清《すが》し十月三日は

露しと我も濡れつつ供花となす
小菊採りゆく庭面《にわも》ひそけき

良き一世《ひとよ》越えてきしやと父母《ちちはは》の
ねぎらい受くる夢の中にて

九十のわが身愛《いと》しめと父母の
声に目覚むるあかときの床

母の背に見しあかときの海の色
耀《かがよ》う空は今も目に浮く

掛けている眼鏡忘れて捜さんと
ふと立ち上がる我を笑いぬ

両の手に無理して持ちし物落とす
「急がば廻れ」の言葉身に沁む

すってんころりん　すってんころり

だいじょうぶですか　立てますか

新年

恙《つつが》なく春迎えたりこの年も
白寿まぢかき幸《さち》を受けつつ

地上より梅の大樹に蜘蛛《くも》の糸
かかり燦《きら》めく初日受けつつ

初春《はる》くれば百人一首の歌浮かぶ
読み手は何時《いつ》も母の役にて

初夢は富士山ならぬ大三島
夫と詣でし古き御《み》社《やしろ》

年明けてものみな新たに見ゆるなり
祝いの膳《ぜん》を囲む親族《うから》も

四代の親族《うから》揃いて春迎う
幼子《おさなご》等の声福を呼ぶなり

年始かねてはるばる帰り来し娘との
語らい尽きぬ春の一夜は

松の内終わらぬうちにと来し客の
もてなしすます子等は留守にて

七草の緑採りくる裏畑に
数にみたねど我は足らえり

幼子《おさなご》の声も消えたり七草を
静けく祝う余韻抱《いだ》きつ

小《こ》正月祝うと母の作りたる
味噌田楽の香り懐かし

春

寒に耐え芽吹きしもの皆愛《いと》し
我も目覚めん思い湧きくる

籠《こ》もりいし我に目覚めよとクロッカス
小さき花々掲げ咲きおり

如月《きさらぎ》の庭に緑の萌え初《そ》むる
我にも萌ゆるもののあるなり

萌え立ちし若葉そよがせ吹く風に
我も若葉となりてそよげり

一服の清涼剤か萌え立ちし
若葉の緑一息に飲む

草萌ゆる庭面《にわも》に蟻の忙しき
それぞれ仕事持ちておるらし

春泥となりし庭面《にわも》に足取られ
木の芽おこしの雨に濡れたり

春畑を作ると子等は励みおり
見るも楽しき雉子《きじ》も鳴きいて

サクサクの音も身に沁む若き日に
畑土割《さ》きし鍬の音にて

夫植えし紅梅白梅咲き揃い
花の中より面影も顕《た》つ

夫の植えし梅の大木の花散りて
庭《にわ》面《も》にまたの花を咲かせり

菩提寺に夫献木の梅咲けり
仏花とも見ゆ御堂かざりて

散りゆきし花に代わりてさ緑の
芽吹き見よやと梅の大樹は

カルシューム増すとや暫《しば》し春日さす
日向《ひなた》に憩う一時も幸《さち》

小さき花つけて愛らし犬ふぐり
やさしき良き名付けてやりたし

三月となりて確定申告の
若き日想う励みきしやと

確定申告整え終えて仰ぎたる
空の明るさ今も忘れず

雛の宵静けく祝う遠き日の
娘らの歌声しばし抱《いだ》きて

雛の曽祖母となりたる娘等思う
我も曾祖母の幸《さち》を受けおり

綿菓子の浮くやと思う白雲の
動くともなし和む春空

悠々と鳶《とんび》飛びおり春空に
我も出《い》でよと誘うごとくに

鶯のまだ整わぬ啼く音聞く
姿は見えぬ若葉繁りて

咲き初《そ》めし花に冷たき春の雨
蔽《おお》いもならず一日暮れゆく

山吹の校章胸に着けし日も
友も懐かし山吹の咲く

母愛《め》でし山吹咲きぬ冴《さ》え冴《ざ》えと
庭《にわ》面《も》にしばし面影を追う

全山の桜咲き満つ父母の墓所
はるか娘の住む海も見ゆ

菜の花も仏花となしてひたすらに
農に励みし母を偲《しの》びぬ

夏

端午の日庭の菖蒲《しょうぶ》を髪に挿す
香りも清し子等は健在

皐《さ》月《つき》野に鯉泳ぎおり悠々と
我は青田の風に吹かるる

隣家に男の子誕生初節句
我が家の上も鯉の泳げり

装《よそお》いて外出なさん何やらに
若やぐ思い湧くも皐《さ》月《つき》か

すれ違い言葉交わせし人親し
なにやら楽し青き野の道

出ても見る入りても眺む石楠花《しゃくなげ》の
花咲き揃う庭面《にわも》あかざり

終《つい》の日の母の枕辺かざりたる
海芋《かいう》清らに咲き出《い》ずるなり

幼き日われに土産《みやげ》と買いくれし
父偲《しの》びつつさくらんぼ買う

冷奴《ひややっこ》膳に上がりて何やらに
涼しさ誘う立夏の夕べ

水遣《や》りし庭の花々朝《あさ》影《かげ》に
燦《きら》めきあいつ何を語るや

白々とほたるぶくろの咲き出《い》でて

庭面《にわも》は早《はや》六月の色

蚯蚓《みみず》にも声かけやりて梅雨の庭
草取りいそぐ無心となりて

凌霄花《のうぜんかずら》どこまで伸びてゆくのだろう
赤き花々見事咲かせつ

紫陽花《あじさい》の幼き蕾伸びたちて
雨を待つかや入梅近し

雨上がり燦《きら》めくものは何ならん
軒《のき》架け渡す蜘《く》蛛《も》の糸なり

梅雨畑に紫紺さやけき紫蘇《しそ》を採る
梅漬けなさん雨の晴れ間に

厨辺《くりやべ》も子等も紫蘇《しそ》の香まといつつ
梅漬け始む梅雨入り今日は

脱ぎてみつ着てみつ梅雨の日々忙《せわ》し
木立揺らして雨風の吹く

着ることもなしと思うに捨てがたく
またも迷うか初夏となりても

梅雨空の一時晴れて庭木々の
燦《きら》めき合いぬ露も珠《たま》とし

軒下に芽生えし百合は何時《いつ》しかに
庇《ひさし》に届く蕾危ぶむ

衣替えなしたる母に連れられて
詣でし鎮守の森も懐かし

老いてなお指標《しひょう》たがわずゆきたしの
思い掲げる笹をゆらしつ

七夕飾りです。芋の葉にのっている露玉で書いた短冊です。願い事や百人一首の歌などいろいろ書きました。我が家は今でも嫁が孫達のためにと、七夕飾りをやっております。七夕が終わると男の子達は、笹舟を他所の家のものまで取り合いました。ほのぼのとした思い出です。

家外と清め静けく盆迎う
軒《のき》下《さ》げほのか家紋かかげて

盆月となりてなにやら心せく
何するでなしの老いしわが身も

盆迎う仕事は我を清めゆく
目には見えざるもののあるらし

子供御輿《みこし》声揃えつつ回り来る
子等は良きかな生気受けたり

暑ければ水仕事せん　井戸水の
冷たさもよき父母を偲《しの》びつ

身のまわり整理でもせん暑さ除《よ》け
何《い》時《つ》しか心執《と》られ暮れたり

休む場所それぞれ決めて昼休み
暑さに負けぬ一時の幸《さち》

暮れゆけば庭の蛍を蚊帳《かや》に入れ
子等遊ばせし遠き日も顕《た》つ

秋

悠々と白雲流るる秋空に
ひた走りきし日々を乗せみる

秋風の通い路あけて大空は
残暑にあえぐわれら憩わす

亡き友と共に愛《め》でたる秋《しゅう》海《かい》棠《どう》
清らに咲きぬ面影もまた

夏蟬も秋告ぐ蟬も競《きそ》い啼く
残暑の庭《にわ》面《も》まこと賑わし

暮れゆけばなおも高まる虫の音は
音楽会か我が家めぐりて

いずこより入りしや幼きキリギリス
触るるも危うしいかに逃がさん

秋づきし庭面《にわも》の花を活けてみる
なにやらゆかし思い湧きくる

何かしら秘めし思いも抱かせて
吾《われ》亦《も》紅《こう》咲く庭に惹《ひ》かるる

台風の過ぎし今宵は十三夜
月影さやか浮く雲もまた

赤き実も日《ひ》毎《ごと》色まし梅もどき
秋の足取り我に知らせて

百日草その名たがわず咲き次ぎて
庭面《にわも》に冴ゆる秋日受けつつ

落葉の済みし庭木々それぞれに
秋日受けつつ思いおるらし

庭面《にわも》には柿赤々と実りおり
豊けき思い湧くもいみじき

晴れゆきて晩秋の空暖かし
かざす両手も赤く染めつつ

奥久慈の紅葉《もみじ》に交じり湯浴《ゆあ》みする
娘らにかこまれわれは幼児《おさなご》

紅葉《もみじ》山右も左も紅葉《もみじ》山
暮れ早からん山裾《すそ》の家

名山の紅葉次々見ておりぬ
テレビも楽し老いの一時

サッシ戸に初めてつきし朝露に
深みゆく秋見たる思いす

サッシ戸に当たりて落ちしはひよどりか
一瞬にして中空に消ゆ

秋深む大蟷螂《かまきり》土間にいて
危うき一足退《の》きて安堵《あんど》す

はらはらと柿の落ち葉始まりぬ
無尽とも見ゆ大樹見上ぐる

冬

木守《きまも》りと残せし柿は澄む空の
青きも受けて凛《りん》と輝く

立冬となりしこの朝なにやらに
心引き締む思い湧きくる

立冬の空澄みわたる我もまた
無心に生きんの思い湧きくる

初雪の降りて思わず口ずさむ
小学唱歌　雪やこんこん

冬鳥の啼く音さやかに澄む空に
我も命の深呼吸する

暖かき冬陽を受けて庭の面《も》も
落葉すみし木々も憩うや

恙《つつが》なくこの年暮れる冬至きて
柚《ゆ》子《ず》湯《ゆ》整う幸《さち》を抱きつ

菖蒲《しょうぶ》湯《ゆ》も柚子《ゆず》湯《ゆ》も母の仕事にて
年経る毎に想い深まる

忙しと二兎《と》追う我をいましめし
母の言葉の浮かぶ年の瀬

良きことの多くありたるこの年の
夕空赤し我も染めつつ

松の内すみて静けき日々となる
たゆまずゆかんこの年もまた

賑わいし初春《はる》の思いも残りいて
なにやら温《ぬく》し大寒の日は

南天の赤き実残し鳥去りぬ
大寒の庭　日毎明るし

ここだくの蕾いだきて肥後椿

寒の小庭《さ》に凛《りん》と咲くなり

身支度をなすも仕事の一つにて
かじかみし指しばし暖む

この冬の寒気に耐えて春迎う
追儺《ついな》用意するも楽しき

豆の香もあたたかきかな健やかな
男の子おりて福は内なり

暮らしの中で

分からぬは分からぬままに聞きておき
子や孫集《つど》う春のテーブル

日帰りの用件ありて子等行きぬ
留守を頼むの言葉嬉しき

乾燥芋作ると子等は始まりぬ
かまどの火の元わが仕事なり

老いてなお仕事に追わるる日もありて
弾《はず》める思い湧くも嬉しき

老いぬれば一日長しとかこちたる
人思うなり仕事なき日は

われに合う仕事たのまれ弾《はず》みおり
明日はなにせんと思いおりしに

子等の留守　電話　小包　宅急便
それぞれ受けて一日終わりぬ

食事終えあと片付けは我が仕事
厨《くりや》に立てる今を楽しむ

変わらざる一日の家事をなしていく
変わらぬことを幸《さち》と思いつ

その仕事終えたらちょとひと休み
なさいませんか　嫁の声あり

ひと休みふと手に取った葡萄パン
老いの楽しみ一つ見つけたり

重き程チラシ入りくる連休の
朝刊楽し見るだけなれど

我が町に大型スーパー開店す
閉じゆく店のあるや危ぶむ

人住まぬ家の出《い》できぬ我が地区も
世相といえど心さびしも

我が里に防人《さきもり》の歌碑建ちており
詠みたる人の思い伝えて

（碑の歌は万葉集巻二十の四千三百六十八）
久慈川《くじがは》は幸《さけ》くあり待て潮船《しほぶね》にま楫《かじ》しじ貫《ぬ》き我《わ》は帰り来《こ》む

震災に逝《ゆ》きたる人の御名載せし
新聞そなえる神も嘆くや

三月となりて哀感こもごもに
子等を抱《いだ》きしことも浮かびく

貴重と思いし記録片付ける
子等に分からぬものの多かり

言うに言われぬことのありてや言葉なく
去りたる人を思うことあり

懐《いだ》きたる思いは自我か迷いつつ
自問自答の一日暮れたり

我が物と思えば軽し傘の雪
教えられたる里《り》謡《よう》身に沁む

木綿なれば手伸ばしでよしと洗い物
たたみてくれる母の偲《しの》ばる

出来るという思いはそれぞれ皆楽し
歩けることも第一として

老いまじの思い抱きて梳《くしけず》る
若やぐものを追うこともなく

頂きしシャネルの口紅つけてみる
少し若やぐ思い抱きて

若き日に一生物と買いてきし
ショールは今も我を暖む

倒されし一輪の花惜しみつつ
取りきて飾る小さきコップに

身の回りできるだけでも最高と
子等は言いたり我も肯《うべな》う

朝仕事いろいろありて何時《いつ》しかに
我が手にあまる心ならずも

弱りたる足に代わりて健やかに
動く両手に安らぎており

「待つ」という言葉いみじき何かしら
明るき思い湧きてくるなり

白寿すぎし我を支えるものは何
神とや思う子等も守られ

母からの手紙（「あとがき」にかえて）

平成二十三年の秋も半ばを過ぎた頃、私の母（著者の石川初枝）から、一通の手紙が届きました。

そこには数首の歌が書かれており、次の歌もありました。

奥久慈の紅葉《もみじ》に交じり湯浴《ゆあ》みする
娘らにかこまれわれは幼児《おさなご》

この頃、母は体調をくずしてなかなか快方に向かいませんでしたので、小さな温泉宿に湯治《とうじ》に行きました。紅葉が真っ盛りの時期で、露天のお湯の中にも紅葉が浮かんでいたそうです。

同居する長男夫婦と、たまたま帰省していた次女も一緒でしたので、久し振りの家族旅行でもあり、紅葉がきれいだったこともあったのでしょうか、何年かぶりに母が歌を詠んだそうで、その中にこの歌もありました。

この歌からいろいろな感想が湧いてきましたので、それを記した手紙を書きました。

私の感想文に対して、母からも返信があり、そこに新しく詠んだ歌も記してありました。

その新しい歌についても、私が感想を記して送りますと、その翌月も母は新しい歌を記して送ってきました。

以後、月末になると、母から新しい歌が数首届き、私がその歌の感想を返信するやりとりは、母が百歳になる平成三十年まで続きました。


母と同居しております兄夫婦も、母と弟（私）との手紙のやりとりを読むことが毎月の楽しみになっていたようです。

また数年前から、義姉（母にとりましては嫁）が地域の歌会に入って歌作りを始めましたので、作歌に関する話題が多くなっていたようです。

兄夫婦も七十歳を越えておりますので、文字通りの高齢世帯ですが、週末には孫や曾孫《ひまご》たちが遊びに来て、四世代が集まってにぎやかな時間を過ごすこともあり、こうした暮らしの中で母の歌が生まれておりました。

母と和歌との出会いは子供の頃の百人一首とのことです。

当時は百人一首（かるた取り）がお正月の遊びの一つでしたので、生家でもよく遊んだそうです。

この歌集にも、当時を想い出して詠んだ歌があります。九十歳を過ぎてからは、若かった頃のことや両親のことがよく想い浮かんでくるようです。

当時は、松の内に町中《まちなか》を歩くと、百人一首を読み上げる声が聞こえてくる家もあり、高等女学校の頃には、友人と一緒にそうした家に上がり込んで、かるた取りを競《きそ》ったことを懐かしそうに話しておりました。家庭内でのかるた取りではもの足りず、武者修行の気分でもあったようです。

結婚してからも、家族で百人一首を楽しんでおりましたので、私たちも好きだった歌は記憶に残っております。

母が自分でも歌を詠むようになりましたのは五十歳の頃からです。新聞の投稿欄に選ばれるのを楽しみに励んだ時期もあり、歌誌を購読して投稿していたこともありました。

昭和四十七年、母が五十五歳のとき、父の定年退職を期に知人のすすめで貸衣装店を始めました。母にとりましては初めての仕事でしたので、気苦労もあったようですが、楽しそうに花嫁衣装を整えている姿が私の記憶に残っております。

その頃に母が詠んだ歌です。

嫁《とつ》ぐ娘のある心地してひたすらに
明日貸出しの衣装ととのう

戻り来し衣装にこもる哀歓を
浄《きよ》むとかざす春の光に

貸衣装の仕事は、体力的に可能だった九十歳頃まで約三十年続けておりました。

母は八十歳を過ぎた頃から、歌を詠むことが少なくなり、九十歳近くには体調をくずしたこともあり、歌作りからは遠ざかっておりました。

初めに記しましたように、平成二十三年（九十三歳）のとき、湯治《とうじ》を兼ねて久し振りに家族揃って温泉に行き、何年かぶりに歌を詠みました頃から、日々の暮らしの中で歌を想うことが母の大きな楽しみとなっていったようです。

朝起きて庭を眺めれば季節の草花を愛《め》で、曾孫《ひまご》たちが来れば一緒に遊び、老いとともに不自由さが増してきている自分自身の生活ぶりも何故《なぜ》か可笑《おか》しく、そうした日常の生活の中で歌が浮かんでくるようです。

また、亡き両親や夫のこと、若く元気だった頃のことが鮮明に想い浮かぶようにもなり、そうした時には歌も一緒に想い浮かんでくることがあるようです。

母は、歌の言葉が想い浮かんだときにはすぐにメモをとって忘れないようにすることが日課《にっか》になり、月末になると、その月に生まれた数首の歌を私に送り、返信の感想を読むことも楽しみになっていたようです。

満百歳を迎えた年から、毎月の手紙のやりとりは止め、歌が生まれたときだけ送ってまいります。

この歌集は、平成三十年五月までの七年間の歌をテーマ毎に編《あ》んであります。

初めの章で、百歳の暮らしぶりを概観していただき、四季の感興は季節ごとにまとめました。最後の章では、日々の生活の中で母が感じたことが詠われております。

母の歌からは、歌作りを楽しみ、無垢な気持ちで遊んでいるようにも感じることがありますので、そうした印象を歌集のタイトルにも写《うつ》しました。高齢なひとりの女性の暮らしぶりをご覧いただければ幸いです。

平成三十年六月

石川恭平

著者略歴

大正七年三月二十日	茨城県多賀郡高鈴村で父・石川高之、母・ふで、の第一子として生まれる。兄弟はいない。
大正十三年四月	茨城県久慈郡太田尋常高等小学校に入学。
昭和五年四月	茨城県立太田高等女学校に入学。
昭和九年三月	同校卒業。専攻科へ進学。生花、作法、和裁、着付けなどを習う。
昭和十二年十二月	武藤有義と結婚。二男、二女を授かる。
昭和四十二年四月	長男が結婚し、隣地に別棟を建て暮らす。
昭和四十四年十月三日	父・高之死去（享年七十七歳）。
昭和四十五年	この頃から歌を詠み始める。
昭和四十七年	夫の定年退職を期に知人のすすめで貸衣装店を始める。
平成元年六月十二日	母・ふで死去（享年九十二歳）。
平成十一年	傘寿記念として小さな歌集（「梅の実」）を作成。
平成十八年十月三日	夫・有義死去（享年九十六歳）。
平成二十六年	高齢により貸衣装店を閉じる。
平成二十八年	デイサービスに通い始める。
現在（平成三十年六月）	茨城県で長男夫婦と同居し暮らす。

◎百歳、和歌《うた》に遊んで　◎著者＝石川初枝　◎編集＝石川恭平
◎発行者＝山田健一　◎発行所＝株式会社文遊社　〒一一三・〇
〇三三　東京都文京区本郷四ノ九ノ一ノ四〇二　電話＝〇三・三
八一五・七七四〇　http://www.bunyu-sha.jp　◎印刷・製本＝
シナノ印刷株式会社　◎©HATSUE ISHIKAWA 2018 Printed
in Japan　◎ISBN978-4-89257-152-7　◎乱丁本・落丁本はお取
替えいたします。

二〇一八年十二月二十五日　初版第一刷発行